LINDA

LÉGENDE GAULOISE

PAR

EUGÈNE DE PORRY

MARSEILLE,

TYPOGRAPHIE Vᵉ MARIUS OLIVE,

Rue Paradis, 68.

1860

LINDA

LÉGENDE GAULOISE

PAR

EUGÈNE DE PORRY

MARSEILLE,

TYPOGRAPHIE Vᵉ MARIUS OLIVE,

Rue Paradis, 68.

1860

Cette Légende est la première d'une série où l'auteur se propose de peindre les diverses phases sociales qu'a traversées l'Europe dans son évolution historique. Parmi ces phases, une des plus remarquables est sans doute celle du IVe siècle de notre ère : la lutte de deux religions, l'une jeune, l'autre caduque ; les disputes métaphysiques ; le caractère agressif et militant du Christianisme de cette époque ; l'effroi terrible qu'inspirait cette incessante menace de l'invasion des Barbares ; le contraste piquant qu'offraient alors la brillante civilisation romaine dans le Midi, et la naïve rudesse des mœurs gauloises ou germaines dans le Nord : — l'ensemble de tous ces tableaux saisissants forme une source féconde de poésie. Mais l'auteur de cet opuscule sait que le temps des longs poèmes est passé ; à une nation rassasiée de chefs-d'œuvre poétiques de toute espèce, il ne faut présenter que des ouvrages courts et substantiels renfermant dans un petit espace beaucoup d'images et beaucoup d'idées.

Le poëte doit alors, pour ainsi dire, imiter ces grands artistes qui, sur l'étroite dimension d'une médaille, sont parvenus à modeler une grande figure en n'accusant que les lignes principales.

Tel est le plan que nous nous sommes proposé, et que nous adopterons pour la suite de notre ouvrage. Par une raison différente, l'enfance des littératures n'offre aussi que des poëmes peu étendus. EXTREMA COEUNT.

E. DE P.

LINDA,

LÉGENDE GAULOISE.

———

Trois siècles n'étaient plus, depuis que la Judée
De célestes lueurs tressaillit inondée,
Alors, des saints martyrs et du Christ-Rédempteur
Notre terre buvait le sang réparateur ;
L'Église grandissait comme une jeune tige ;
Occupant sans honneur un trône sans prestige,
Maxence soutenait d'une débile main
Le fardeau colossal de l'empire romain ;
Et du culte nouveau les disciples austères
Aux antres protecteurs confiaient leurs mystères ;
Car le peuple, agité d'atroces passions,
Criait, ivre de sang : « Les Chrétiens aux lions ! »

En ce temps, du Sauveur embrassant la doctrine,
Flavien, de l'humble Croix décora sa poitrine.
D'impérieux éclairs son œil étincelait,
Et le sang de Brutus dans ses veines coulait ;
Ses traits, du fier consul reproduisaient l'image ;
Son âme où bouillonnait la sève du jeune âge,

Son geste martial, ses propos courageux,
Inspiraient l'épouvante au César ombrageux.
Maxence n'ose pas le frapper ; — il l'exile,
Et sur le sol gaulois Flavien cherche un asile.

Le Romain contempla ces antres vénérés,
Ces bois noirs et profonds, du soleil ignorés,
Où tonnent, renvoyés par les rochers arides,
L'accent de la tempête et la voix des druides.
La Gaule, vierge encor des brillantes cités
Qui surgirent plus tard sur ses bords enchantés,
Arrondissait au loin ses dômes de verdure :
La Seine, de roseaux composait sa bordure :
Et des houx épineux les rejetons fleuris
Serpentaient sur le sol où s'élève Paris.

Aux lieux où de nos rois le palais fend la nue,
S'ouvrait une caverne au vulgaire inconnue.
Sur le roc s'enroulait le lierre envahisseur ;
D'incultes arbrisseaux la sauvage épaisseur
Voilait l'asile obscur : leur masse concentrée
Au voyageur profane en dérobait l'entrée.
Linda, loin des regards de la foule et du jour,
Farouche druidesse, habitait ce séjour.
Svelte et ronde, sa taille ondulait comme un saule ;
Ses cheveux d'or bruni caressaient son épaule ;
Son œil d'un sombre azur lançait des feux hardis :
Le galbe régulier de ses traits arrondis
Semblait défier l'art et vaincre la nature ;
Sur ses flancs où l'airain se pliait en ceinture,
Un court et noir manteau descendait ; son bras nu
Rivalisait l'albâtre. — En cet antre inconnu.

Aux lueurs d'un flambeau, la chaste druidesse,
De son cœur indompté conservant la rudesse,
Méditait sa doctrine et les dogmes secrets
En silence mûris dans le fond des forêts;
Cherchait comment notre âme, essence de lumière,
Étincelle échappée à sa source première,
Vole de globe en globe, et vers le Créateur
De degrés en degrés remonte avec lenteur;
Pourquoi cette âme, au corps constamment asservie,
Est contrainte à subir les luttes de la vie;
Quelle cause insondable a répandu le mal
Dans le monde physique et le monde moral.
Puis son regard, plongeant dans l'abîme des causes,
Épiait la nature en ses métamorphoses;
Voyait par quel accord les astres gouvernés,
Au frein dominateur sans cesse ramenés,
Malgré les bonds fougueux de leur course énergique,
Flottent sans se heurter dans leur ronde magique;
Comment la vaste mer, en ses jeux surprenants,
Défait et tour-à-tour refait les continents;
Et quel démon, jaloux de l'industrie humaine,
Entretient des volcans la flamme souterraine.
Ainsi, trompant toujours les regards curieux,
Livrant sa vie obscure aux rêves sérieux,
Confiant sa pensée aux rochers solitaires,
Linda, du sphinx terrible explorait les mystères;
Et ses yeux se fixaient, de fatigue saisis,
Sur le voile éternel dont s'enveloppe Isis!...

Si l'ouragan ployait les cimes verdoyantes;
Si la foudre embrasait de ses flèches bruyantes

2

Le chêne séculaire et le pin résineux , —
La vierge, s'élançant du séjour caverneux,
Et , nouveau météore au sein de la tempête,
D'un roc inaccessible escaladant le faîte ,
De son œil pénétrant interrogeait les cieux ;
Lisait dans les éclairs la volonté des dieux ;
Ses membres s'agitaient d'un transport frénétique :
Sa poitrine exhalait un hymne prophétique ;
Et son geste superbe , et sa tonnante voix ,
Aux éléments émus semblaient dicter des lois !

Flavien cherchait aussi, loin des fanges du monde ,
Des bois mystérieux l'obscurité profonde.
Comme furtivement , sous un bosquet, reluit
Un mobile rayon du flambeau de la Nuit ,
Qui, dardant ses reflets sur la feuille agitée ,
La découpe soudain en dentelle argentée , —
Au Chrétien fasciné telle apparut Linda...
Et la vierge, surprise , aussi le regarda ;
Le regarda sans fuir !... Un accord sympathique
Joignait déjà ces cœurs d'un lien magnétique.
Par un caprice vain un amour enfanté
Naît, s'enflamme et s'éteint avec rapidité :
Sa lueur est pareille à la menteuse étoile
Qui des nuits de l'Eté dore un moment le voile.
Mais cette pure ardeur, rivale de l'aimant,
Qui des cœurs attirés par un même élément
Forme un concert sublime, et leur prête des ailes
Pour s'élever ensemble aux voûtes éternelles ;
Les isole du monde en un bonheur profond ,
Et met entre ces cœurs, qu'en un seul elle fond,

Un nœud prédestiné que rien ne peut dissoudre, —
Oh! cet amour subit frappe comme la foudre;
Et revêt, dans un être où son feu s'est jeté,
L'indélébile sceau de l'immortalité.
L'exilé cheminant dans la forêt sacrée,
Ébloui, tombe aux pieds de la vierge adorée...
Et l'altière Gauloise écoutait dans son cœur
Une secrète voix révélant son vainqueur!

* *
*

FLAVIEN.

« De ces antiques bois majestueuse reine,
« Habites-tu la terre ou la céleste plaine?
« Si mon œil, embrassant un plus large horizon,
« N'eût d'un culte imposteur affranchi ma raison,
« Mon regard, savourant sa poétique ivresse,
« Contemplerait en toi Diane chasseresse. »

LINDA.

« Être qui réunis la force à la beauté,
« Toi dont l'air martial respire la fierté,
« Et dont l'œil noir et vif, miroir d'une grande âme,
« Brille, m'éblouissant de sa virile flamme,
« Étranger, réponds-moi!.... N'es-tu pas le dieu Thor,
« Dans le ciel embrasé lançant des flèches d'or? »

FLAVIEN.

« Non, je ne suis pas dieu, femme!... je suis un homme.

LINDA.

LINDA.

« De quelle région viens-tu ?

FLAVIEN.

« J'ai quitté Rome.

LINDA.

« Pourquoi ?

FLAVIEN.

« Je suis banni, pour avoir proclamé
« Qu'il faut qu'un roi soit juste et que Dieu soit aimé ;
« Qu'un César, regardant les humains comme frères,
« Ne les accable point de fardeaux arbitraires ;
« Et, — si César le veut, — que la loi du Chrétien
« De l'empire sera le plus ferme soutien.

LINDA.

« Qu'enseigne cette loi ?

FLAVIEN.

« Que Dieu, juge sévère,
« Fermera son royaume au méchant qui prospère ;
« Et que sa bonté doit, changeant l'absinthe en miel,
« Ouvrir au malheureux les portiques du ciel ; —

« Qu'il faut à la faiblesse accorder l'indulgence ;
« Déraciner l'erreur, secourir l'indigence ;
« Et, d'un savoir hautain fuyant l'aridité,
« Répandre les moissons de l'humble charité.

LINDA.

« Quoi ! cette vérité dont le feu me consume,
« Ne renfermerait donc que lie et qu'amertume ?

FLAVIEN.

« Oui, si, trop entraîné par la soif de savoir,
« L'homme, bravant de Dieu le souverain pouvoir,
« Porte un regard profane au fond du sanctuaire ;
« Si, malheureux jouet d'un orgueil téméraire,
« Sur l'éternel problème ardent à se fixer,
« Il dessèche son cœur à force de penser.

« Des langes du Cahos et de sa nuit profonde
« Lorsque le Tout-Puissant eut dégagé ce monde,
« Sa Parole aux humains dit :
                              « Deux sentiers divers
« Par votre libre choix à vos pas sont ouverts.
« L'un mène à l'oasis d'une ignorance heureuse ;
« Là, vos enfants, couchés sous une voûte ombreuse,
« Verront leurs jours couler dans un calme profond,
« S'ils craignent la pensée aux abîmes sans fond.
« L'autre chemin, de dure et triste expérience,
« A travers la Douleur conduit à la Science ;
« Sur d'épineux buissons, sur des rocs entassés,
« A cette âpre conquête on marche... Choisissez ! »

« Et l'homme, qu'aveuglait un vertige funeste,

« Suivit le dur sentier, malgré l'avis céleste.

« Choix fatal ! — Les humains, en groupes partagés,

« Sous divers étendards s'organisent rangés ;

« Chaque groupe, arrachant un lambeau de lumière,

« Croit embrasser le champ de la Science entière ;

« Ce globe est une arène aux disputes sans fin ;

« Comme la brume fuit aux rayons du matin,

« Au rêve détrôné succède un nouveau rêve ;

« L'idée en surgissant se convertit en glaive,

« Et le dogme du jour au dogme suranné

« Livre avec l'anathème un combat acharné.

« La malheureuse terre est un champ de carnage...

« Plus l'homme s'efforçait d'écarter ce nuage

« Dont l'obstiné problème à ses yeux se couvrait,

« Plus le gouffre du mal, large et profond, s'ouvrait,

« Et de l'humanité, renaissante victime,

« Le sang coulait toujours sans combler cet abîme.

LINDA.

« O mystère effrayant !...

FLAVIEN.

                              « Pour dessiller nos yeux,

« Un Être surhumain descend alors des cieux.

« Son front est couronné d'une blanche auréole ;

« Le malade expirant renaît à sa parole ;

« Il impose les mains... le perclus à l'instant

« Se lève... et le muet parle au sourd qui l'entend !

« Le divin Messager a dit :

              « De vos misères

« Vous tarirez la source en vous proclamant frères ;

« Si pour vous la Science est doute, obscurité,

« La lumière naîtra de la Fraternité.

« Voyez le lys des champs : vos vêtements de gloire

« De cette fleur superbe égalent-ils l'ivoire ?

« Et la pourpre des rois vaut-elle la splendeur

« Dont se pare la rose, emblème de pudeur ?

« Ecoutez la nature, écoutez la justice ;

« Vous changerez la terre en séjour de délice :

« L'ère du châtiment alors s'effacera,

« Et la source des biens sur vous ruissellera. »

« Mais la mort fut le prix de la sentence auguste ;

« Un infâme supplice interrompit le Juste ;

« Et les grands de la terre au divin Novateur

« Infligèrent les noms de traître et d'imposteur.

« Ses disciples, brûlant d'un généreux courage,

« S'efforcent aujourd'hui d'achever son ouvrage.

« Accusés de magie et de rébellions,

« C'est en vain qu'on les livre à la dent des lions ;

« Du céleste bonheur fiers d'atteindre la cime,

« Ils bénissent, mourants, la main qui les décime.

« Je marche sur leur trace, et César m'a proscrit

« Pour avoir propagé la loi de Jésus-Christ. »

Le Chrétien fut compris : sa nerveuse éloquence
De la Gauloise émut la docile innocence ;

Altéré des trésors de la divine loi,
Ce cœur loyal s'ouvrit aux clartés de la Foi.
Le beau couple, enflammé d'une ardeur mutuelle.
S'élevait en espoir dans une ère nouvelle;
Et voyait en extase au lointain enchanté
L'alliance du Christ et de la liberté.

LINDA.

« Ecoute-moi, Romain : du barbare Maxence
« Veux-tu, par mon secours, abolir la puissance ?
« Des martyrs immolés veux-tu venger les cris,
« Et, fondant tout-à-coup sur leurs tyrans surpris,
« Parer ton noble nom d'un belliqueux trophée?
« Commande !... tu seras obéi... Je suis fée :
« Ma voix suspend le cours des fleuves écumants;
« Mon bras impérieux régit les éléments,
« A combler tous tes vœux lorsque mon âme aspire,
« Pour toi je pourrai tout, Flavien!... Veux-tu l'empire ?
« Tu l'auras ! — De mon âme écoutant le transport,
« Mon regard prophétique a parcouru le Nord :
« Dans ses froids ateliers toujours se renouvelle
« Le genre humain, ce fleuve à la source éternelle.
« Quand la rouille du Temps, sur un sol attiédi,
« Enerve la vigueur des enfants du Midi,
« Les écluses du Nord s'ouvrent... Comme un orage,
« Fond un peuple nouveau, le glaive en main!... Sa rage,
« Dans son aveugle essor, dévaste ces sillons
« Que tapissent bientôt de plus riches moissons.

« Eh bien ! si ton amour me prête sa magie,

« Ma voix saura du Nord éveiller l'énergie ;

« Et, nouvelle amazone, à mes fiers étendards

« J'enchaînerai les fils des éternels brouillards.

« Mon glaive, accompagné d'une terreur croissante,

« Dardera ses éclairs sur Rome frémissante ;

« Et sur le sol vieilli mes soldats élancés

« Briseront sous leurs chars les païens terrassés.

« Puis, quand nous éteindrons les foudres de la guerre ;

« D'un pied victorieux nous presserons la terre ;

« Alors, régnant tous deux sur les peuples soumis,

« Nous vengerons le Christ de ses vils ennemis.

« Nous chasserons les dieux ;—et, quand d'un culte immonde

« Ton bras triomphateur aura purgé ce monde,

« Tu verras les Romains environnant ton char,

« Tombés à tes genoux, te proclamer César !

FLAVIEN.

« Non, Dieu m'appelle ailleurs…. Un autre aura la gloire,

« Vétéran des Chrétiens, d'accomplir leur victoire.

« De l'esprit des Voyants tout-à-coup inspiré,

« Le Vicaire du Christ naguère a déclaré

« Que la faveur du Ciel destine ce grand rôle

« Au prince Constantin, gouverneur de la Gaule.

« Ce héros dissimule, et cependant nourrit

« Dans le fond de son cœur l'amour de Jésus-Christ ;

« De son hardi projet sa grande âme occupée

« Aspire à marier la croix avec l'épée ;

« Des Romains avilis détrôner l'oppresseur,

« Et de la loi chrétienne établir la douceur.

« Puissions-nous, contemplant ses victoires fécondes,
« Sous les verts chapiteaux de tes forêts profondes,
« Imitant les vertus de mes nobles aïeux,
« Sur les ailes du Bien nous élever aux cieux ! »

Et chaque jour voyait dans les champs de la Gaule
Les deux amants semer la divine parole,
Et se multiplier les ardents Confesseurs,
De la nouvelle loi martyrs ou défenseurs.

Maxence a tout appris.... Sa bouillante colère
Transforme le monarque en tigre sanguinaire :
« C'est trop oser, » dit-il : « j'ordonne qu'enchaînés,
« Les deux amants chrétiens à Rome soient traînés.
« Ma clémence finit : Flavien et sa complice
« Dans le cirque sanglant subiront leur supplice. »

Ils arrivent, conduits par d'odieux licteurs ;
Et Linda jette alors des yeux admirateurs
Sur les vastes contours de la cité romaine :
Témoignages pompeux de la puissance humaine,
Magnifiques palais, brillants séjours des dieux,
Du poète attendri recevez les adieux !...
Ces marbres figurant les citoyens antiques,
Ces colonnes d'airain, ces fastueux portiques
De l'éclat des métaux richement colorés ;
Ces coupoles d'azur et ces temples dorés,
Des coupables Césars expiant les scandales,
S'écrouleront demain sous les coups des Vandales !

Anxieuse, Linda lève ses mains au ciel :
« Grand Dieu, sauve Flavien d'un supplice cruel !
« Divin Médiateur que je connais à peine,
« De César sur moi seule, ah ! détourne la haine !
« Je jure, si j'obtiens cet insigne bonheur,
« D'entrer au saint troupeau des vierges du Seigneur ! »

Le tyran soupçonneux délibère et balance.
Les Romains voudront-ils souscrire à sa vengeance
Sur un patricien dont Brutus est l'aïeul ?...
Dans ses appartements César, demeuré seul,
Mande les deux captifs ; veut les juger lui-même,
Avant de prononcer la sentence suprême.

⁂

MAXENCE.

« Pourquoi désobéir à César, à sa loi ?

FLAVIEN.

« Je connais un César plus élevé que toi.

MAXENCE.

« Qui ?

FLAVIEN.

« Le Christ !

MAXENCE.

« Qu'as-tu dit, audacieux rebelle !

FLAVIEN.

« La vérité : j'aspire à la vie éternelle.

MAXENCE.

« De tes égarements tu recevras le prix.

FLAVIEN.

« Moi, je t'accablerai du poids de mon mépris,
« O bourreau couronné, monstre à figure humaine,
« Qui des libres Romains souilles le vieux domaine !

LINDA.

« Homicide pasteur dévorant tes brebis,
« Toi qui caches un loup sous l'éclat des rubis,
« Moi, Linda, de la Gaule imposante prêtresse,
« Au nom des droits humains que ton pouvoir oppresse,
« Au nom de l'innocence et de ses longs soupirs,
« Au nom du Dieu terrible et du sang des martyrs,
« Je te maudis !... Le monde est lassé de tes crimes !
« Ta dernière heure sonne !... Oh ! puissent tes victimes
« En spectres effrayants s'attacher à tes pas !
« Puisses-tu, renversé par un honteux trépas,
« Tomber, vil assassin, aux régions funèbres !
« Sur cette terre esclave où règnent les ténèbres,
« Puisse la liberté luire en traits radieux !
« Et puisse, un jour prochain, l'édifice odieux
« Que le peuple a nourri de son sang, de ses larmes,
« Par les armes fondé, s'écrouler par les armes !

« Déjà , comme le flot qui commence à surgir,

« J'entends des bords du Rhin les peuplades rugir.

« Que , pareils aux vautours qui fondent sur leur proie,

« Ces barbares du Nord, qu'un ciel vengeur envoie ,

« Sur de sanglants débris se frayant un chemin,

« S'arrachent les lambeaux du colosse romain !

« Emblème avilissant de la honte et du vice,

« Que l'Olympe païen croule et s'anéantisse !

« Impudique Vénus, dieux changeants et menteurs,

« Vous, de l'humanité trop longtemps corrupteurs,

« Comme aux lueurs du jour fuit un immonde rêve,

« Fuyez aux purs rayons du soleil qui se lève !...

« Et, par le Christ vengeur atteint d'un coup mortel,

« Puisses-tu, Jupiter, tomber de ton autel ! »

O prodige !... Soudain l'atmosphère brumeuse
Revêt l'éclat vermeil d'une croix lumineuse;
Et ce mot flamboyant dans le ciel est écrit :
Constantin, tu vaincras au nom de Jésus-Christ !
Au front du Capitole éclate le tonnerre ;
Du dieu majestueux que la foule vénère,
S'ébranle la statue au solide métal ,
Et l'idole géante avec son piédestal
S'écroule... Alors trembla la terre frémissante,
Et de son sein ouvert, — au loin retentissante,
Comme un son prolongé dans un antre profond, —
Une lugubre voix cria : Les dieux s'en vont !

Comme un homme endormi qu'un songe affreux visite,
Maxence épouvanté, prêt à sévir, hésite...

Le temps fuit... Remplissant son glorieux destin,
A la porte de Rome arrive Constantin !
Fatigué du tyran, le peuple se soulève,
Et le Christ cette fois triomphe par le glaive.
Dans son propre palais Maxence est assiégé,
Tombe aux mains du vainqueur, de liens est chargé ;
Et le peuple romain, bouillonnant d'être libre,
Jette ce corps impur aux flots fangeux du Tibre ;
Et le nouveau César, pieux triomphateur,
Arbore le drapeau du divin Rédempteur.

Mais Linda se lamente... Hélas ! un vœu barbare
De son amant sauvé pour jamais la sépare !
Aux charmes de l'hymen ces deux cœurs destinés,
Les voilà par le ciel à se fuir condamnés !...
Flavien, morne, abattu de l'affreuse nouvelle
Qu'en mots entrecoupés sa Linda lui révèle,
D'un geste convulsif déplore ce serment
Qui change du bonheur la promesse en tourment !...

FLAVIEN.

« O Linda, qu'as-tu fait!... Quel funeste délire
« Dicta l'engagement dont l'aveu me déchire !
« Faut-il donc abhorrer ce jour qui m'est rendu ?
« Tu voulus me sauver... hélas ! tu m'as perdu !...

LINDA.

« De ton affreux péril l'âme préoccupée,
« Oui, je crus te sauver... mais je me suis trompée ;

« Et maintenant mon cœur frémit... croyant prévoir
« Le malheur où t'entraîne un profond désespoir.
« Dieu le voulait ainsi!... Mon Flavien, si tu m'aimes,
« N'accuse pas le Ciel ; à ses ordres suprêmes,
« Ami, résignons-nous, et ne gémissons plus...
« Nous devons nous revoir au séjour des élus. »

FLAVIEN.

« Eh bien ! que du Seigneur la volonté soit faite!
« Puissé-je alors du Christ assurer la conquête,
« Et, d'un sang odieux abreuvant nos guérets,
« Refouler le Barbare au fond de ses forêts !
« Puisqu'il faut renoncer au bonheur sur la terre,
« A moi le bruit des camps et les cris de la guerre!
« Pour l'empereur chrétien, pour la loi du vrai Dieu,
« Mon bras surexcité saisit le glaive... Adieu. »

De l'empire les Francs dévastaient la frontière...
Navré de désespoir, contre la horde altière
Flavien marche... et, percé d'un homicide airain,
Il tombe, ensanglantant les rivages du Rhin.

Du héros qu'elle aima pleurant la destinée,
La nouvelle Chrétienne, en Gaule retournée,
Au lieu même où jadis apparut son amant,
Bâtit à la Prière un vaste monument.
C'est là qu'au Dieu jaloux les vierges consacrées,
Loin du vulgaire impur, — comme ces fleurs pourprées
D'inutiles parfums embaumant les déserts, —
Enchantèrent les bois de leurs pieux concerts.

Dans ce monde changeant tout s'écroule, s'efface ;
De la Terre le temps renouvelle la face.
Au siècle où les Chrétiens couraient, pleins de ferveur,
Ravir aux Musulmans le tombeau du Sauveur,
Un pèlerin, rêvant dans le bois solitaire,
Contemplait les débris de l'ancien monastère.
Rompus de vétusté, les piliers, les arceaux,
Tombèrent... Le lézard habite ces monceaux
Dont la mousse a verdi les fentes caverneuses ;
Sur l'arbuste sauvage aux branches épineuses
L'insoucieux oiseau construit son nid. — Souvent,
Quand la brise du soir courbe le pin mouvant ;
Quand la lune, des bois vient argenter les dômes ;
Le nocturne rêveur voit deux vagues fantômes...
(Est-ce la druidesse et l'héroïque amant)?...
Ensemble rayonner sous l'obscur firmament.
Ce couple, lumineux comme un céleste phare,
Dans les airs tour-à-tour s'unit et se sépare ;
Effleure des forêts les berceaux arrondis,
Et semble visiter des lieux aimés jadis.

FIN.

www.ingramcontent.com/pod-product-compliance
Lightning Source LLC
Chambersburg PA
CBHW061618180626
46818CB00005B/2135